桃紅一〇五歳　好きなものと生きる

篠田桃紅

世界文化社

目次

ブックデザイン　鈴木成一デザイン室
カバー写真　坂田栄一郎
撮影　成瀬友康
構成　佐藤美和子

昔と今を繋げている

人は生きもので、死んだらそれまでです。

仏教などでは、生まれ変わると信じられていますが、もし生まれ変わることがあるとしても、宇宙のなかの一つの現象。前に生きていたときとは全然関係なく生まれ、ああ再び会えてよかったでもなく、ああ懐かしい人だ、ということでもありません。

なんの関係もなくなっています。魂というものが、新しい体を得たとしても、一切に関係がなくなっています。

人そのものは、死んだらそれまでで何もない。いくらその人が立派な人であろうと、どれほど大きな国の王様であろうと。

生きているあいだ、というものだけが、生きものの場で、なくなればもうそれで終わりだと私は思っています。

ただ、使ったもの、文章に書かれていること、その人にゆかりのあった物質は残ります。命には限界がありますが、ものには限界がありません。保存さえよければ、何代も前からのものが残っています。

しかし、それはただ、ものにすぎない。その人が使ったというだけで、その人が出てくるわけでもなんでもありません。

お茶人で、豊臣秀吉が使っていた火鉢を、お茶席で使っている人がいました。ほんとうに豊臣秀吉のものだったのか、そうでなかったのかはわかりません。所有している人が、そうだと思って満足していれば、それでいいことです。火鉢自体は、何かの役にそれほど立つわけでもないけれど、邪魔でもない。豊臣秀吉が使っていた、とこちらも思うだけです。

そのお茶人は、さまざまな時代のお茶道具を揃えていて、立派な蔵を持っていました。ぜんぶがぜんぶ本物か、偽物もあるのか。否定すべき証拠もなく、そこの家は本物だと信じて使っています。そして、いわれのあるものをたいへん喜び、話のタネになるので、お茶席に出します。お茶は季節を重んじますから、十二月の江戸の茶席では、討ち入りにちなんで、忠臣蔵に縁のあるものを用いていました。

普段、客人は豊臣秀吉のことも、忠臣蔵のことも、すっかり忘れていますから、日本の歴史を思い出し、歴史話に花を咲かせます。

お茶は、昔と今を繋《つな》げる役目をしている、と私は思ったものです。

それは、私たちの身の回りにあるものも同じです。

ものは、それぞれの個人的な歴史と今を繋げてくれています。

仕事場の玄関。

客人よ、琴を抱いて来たれ

中国古来の言葉に、「素琴一張酒一壺《そきんいっちょうしゅいっこ》」があります。粗末な琴一張と酒一壺があれば私の心は救われる。さらにあなたが傍にいて歌えば、この世はまさに天国という意味です。

人は、昔から音楽と酒で、苦悩をいなしてきたということが、この言葉からもわかります。

素琴は、ウクレレのように手で持ってかき鳴らす昔の楽器で、革を張っていることから、一張《は》り、二張りと数えました。

唐代の大詩人、李白も酒と放浪をこよなく愛し、「一杯一杯また一杯、我酔いて眠らんと欲す。明朝意あらば琴を抱いて来たれ」という詩を書いています。

世の中にくたびれて、うんざりして、人生は一張りの粗末な琴と一壺の酒、心に詩歌と音楽があればそれでいい。そんな彼の心境が表れています。

私はこの詩が好きで、有田焼の陶板に「琴」の字を書いて、玄関で客人を迎えています。

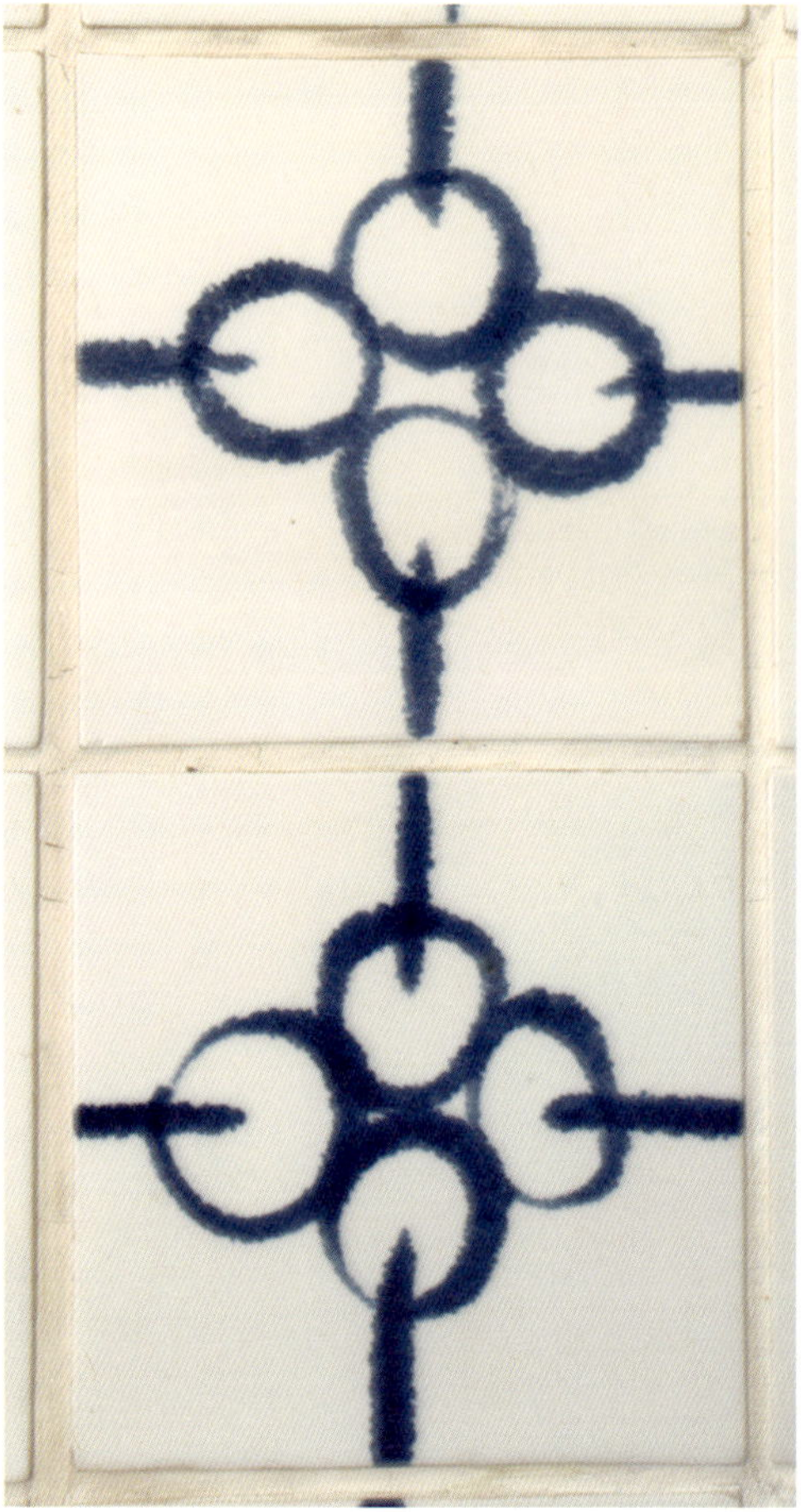

玄関の陶板と同時に、壁面の陶器タイルも描いた。

有名もへちまもない

装飾を一切施すことなく、ただ実用に徹したもの。派手さはないけれど、仕上がりの非常に美しい工芸品があります。

私は、こういうものこそ、工芸品の真髄《しんずい》だと思います。無駄なことは一つもない。地味だけれど、どこから見ても美しい。そういうものをつくる人を、私は尊敬します。昔の一流の職人は、自分の名前をあからさまにすることはしませんでした。

有名な人だと知って買う人は、自分に自信がないのでしょう。いいものを見極める目を持っていない。

たとえば、ピカソならなんでもいいと言って買う人。偽物をつかまされることがあります。名前で買っているからです。偽物をつくるほうは、芸術家の特徴を上手に取り入れて、ピカソだと信じ込ませて高く売ります。

でも、それを私は悪いこととは思いません。売るほうは商人です。買うほうも高いお金と引き換えてでも、それを欲しいと思ったのですから、互いに満足しているはずです。

所詮《しょせん》、有名もへちまもないのです。

自分の気に入ったものにお金を出して買うだけです。

仕事場の玄関先。置かれているのは紫檀《したん》の椅子。

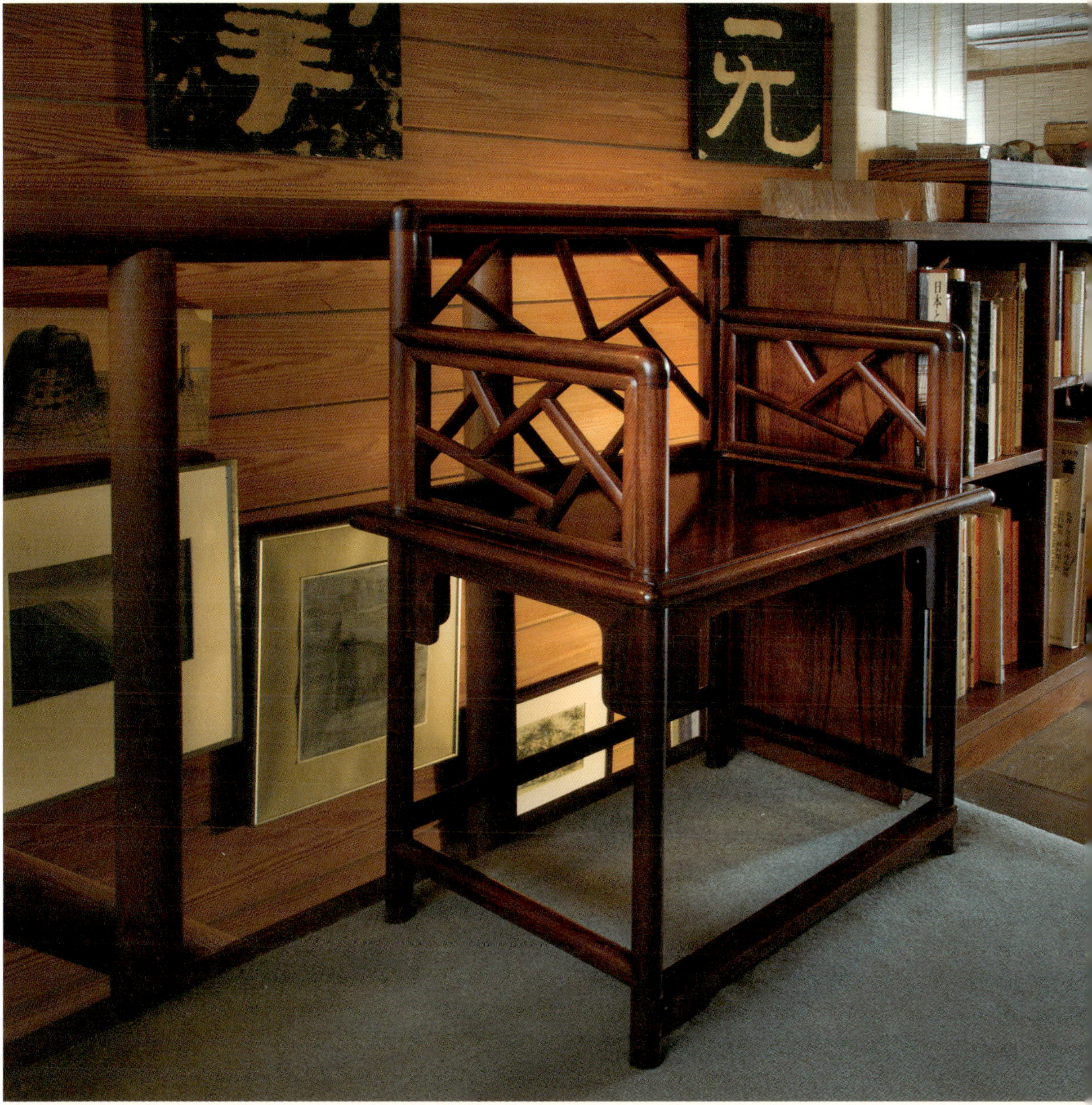
元

始平公像一區
邑子像

仕事場と応接間を繋ぐ階段には、拓本《たくほん》や絵などを飾っている。

あなたのつくるものはいいですか？

初めて会ったときに、のっけから、こう尋ねられました。

「あなたのつくるものはいいですか？」

一九五六年、ニューヨークに到着して、画家の岡田謙三《けんぞう》さん（一九〇二〜八二年）のアトリエを訪ねたときのことでした。そのときの私は、この人は本音の人だと直感したのか、

「自分ではいいと思っています」と答えました。

すると岡田さんは、

「ああ、それならいい。自分のつくるものはダメです、と言うような人とは私は付き合いたくありません」

以来、親しくお付き合いさせていただきましたが、岡田さんはご自分の考えに忠実で、自分の思い、考えにそぐわないことはしない本物の画家でした。ニューヨークで成功されて、人気作家となり、私はロックフェラーセンターの最上階で、壁一面に彼の大きな絵が飾られているのを見たこともあります。

私が持っている岡田さんの絵は小さなもので、日本で展覧会をされたときに買い求めました。

仕事場と応接間を繋ぐ階段の壁面に飾っています。

絵には、何種類もの白が使われており、彼が白というものに非常

に凝っていたことを思い出します。

ご自分で、心にかなうものができたときは、「これはよくできた絵だ」と遠慮なく言い、納得していないと「どうもこれはあまり」と正直に言っていました。

真っ正直というのか、ごまかしが一切ないかたで、彼のようなタイプは、今の時代にはほとんど見受けられません。

岡田さんについては、いろんなことを懐かしく思い出します。

なにしろ百年以上生きていますから

日系アメリカ人の家具デザイナー、ジョージ・ナカシマさん（一九〇五～九〇年）には、米国ペンシルベニア州の彼の工房で初めて会いました。

その後、彼が日本で初めての展覧会を開くと知って、私は真っ先に会場に駆けつけ、開場五、六分前に到着しました。

その受付で、私の目に飛び込んできたのが、応接間に置いているテーブルでした。二メートル以上の長さのウォールナットの一枚板で、値段は付いていませんでした。

私の口を衝《つ》いて出た言葉が「これちょうだい」でした。

好きになるものには、そう滅多に出合えることがありません。出合ったときは、ためらわずにパッと買います。考えたら買い損なってしまいます。

私の買い物はみんな衝動買いです。出来心みたいなものです。色に惹《ひ》かれて買うもの、姿の美しさに惹かれて買うもの、いろいろです。赤いポットのセットは銀座の和光で、コバルトブルーのカップ&ソーサーは、同じ銀座の陶磁器店で見つけました。そのお店は、ほんとうにいいものからはみ出しものまで、さまざまなものを置いていました。なんていいブルーなのだろうと思い、手にしました。

黄色の菓子皿も、色に惹かれました。中国陶磁器の交趾焼《こうちやき》で、ある東京の和菓子屋さんが大事に持っていたのを、譲っていただきました。

ものも縁です。

私の家に来る縁があったと思っています。

しかし、出合ったときのことは、明確に憶《おぼ》えているものもありますし、ぼんやりしているものもあります。

なにしろ百年以上も生きていますから。

階段下の応接間。ジョージ・ナカシマのテーブルと長椅子が据《す》えられている。

右ページは銀座の和光で見つけた赤いポットのセット。
左ページは銀座の陶磁器店で買い求めたコバルトブルーのカップ&ソーサー。

右ページは交趾焼の菓子皿。
左ページは洋と和のさまざまな菓子皿。

なにぶん旅のことで

父が連れてくる急な来客のとき、母はおひたしなどを伊羅保《いらぼ》の小さな四角い鉢に盛って先に出し、それから料理をこしらえていました。私は子ども心に、その黄色がかった鉢が好きで、いいなあこの鉢は、と思っていました。

ある日、いつものように伊羅保の鉢に盛られ、私が運ぶと、客人の一人がその鉢を褒《ほ》めました。すると父は「なにぶん旅のことで、器などろくなものが揃いません」と言いました。

私はびっくりしました。岐阜を離れ、東京に自分の家を建てて住んでいるというのに、なぜ旅なのだろうと。

台所に戻ると、すぐ母に尋ねました。

父は岐阜の代々の家の惣領《そうりょう》息子だと自覚している。旅のことでと言えば、満足なもてなしができない言いわけもつくのでしょう、と母なりに説明していました。そのときに知ったのですが、客人のなかに父と同じ郷里のかたがいて、父は、郷里の生家の重みを感じていたようなのです。

家には伊羅保の小鉢が五客ありました。父母亡きあとは、同居していた長兄に遺されました。

これは私が買い求めた伊羅保の湯呑《ゆのみ》茶碗です。

普段使いの黒と朱の漆のお椀。

じゃんじゃん使っている

あるホテルのアーケードに展示されていました。

目に入った瞬間、ああいいなあと思い、そこに居合わせた職人に尋ねました。

「これ、頂きたいけれど、剝《は》げたらどうしましょう」

「絶対、剝げません」

言下に、彼は言い切りました。その自信を信じて、私は買い求めました。黒と朱、それぞれ五客一組しかないお椀でした。

あれから三十年以上、普段使いでじゃんじゃん使っています。汁《しる》物《もの》、うどん、そうめん、どんぶり、なんともなりません。

このお椀で食べると、たいして美味しくないものでも、とても美味しく感じられます。器の力は大きいです。

かたちが美しい。色がいい。手に軽い。

見ているだけで、気分がよくなります。

彼は、布張りの上から漆を施したと説明しました。真面目なものづくりをする職人でした。

いいものはしまったりなどしない。

私はじゃんじゃん使っています。

応接間の扉。

一夕の夢物語

江戸時代の富める町人は、五段の重箱を提《さ》げてお花見に出かけていました。そして桜の木の枝から枝へ紐を渡して、着て行った贅沢な羽織や打掛《うちかけ》をかけて、そのなかでお酒盛りをしました。贅沢なきものと絢爛《けんらん》たる美しい桜、それが当時のお花見の風情《ふぜい》でした。外を歩く人々は、その贅沢さに目を奪われ、隙間からお重に盛られた料理を覗き見たにちがいありません。

江戸町人の凝りようといったら、南天《なんてん》の柄模様のきものには、南天の実として珊瑚《さんご》が縫い付けられていたというほどです。あるいは、おにぎりを包んだ竹の皮の内側には、純金の箔《はく》が貼られていたという逸話もあります。

一夕《いっせき》の夢物語として、彼らは消えてしまうことに、お金を遣うことは惜しまなかったようです。ばかばかしくてもったいないといえばそれまでですが、そういうことを面白がり、優雅に楽しんでいました。

私は、そうした理詰めではない遊び心が好きです。文化というのは、ばかばかしさから生まれます。今の人は、優雅な楽しみ方をしているでしょうか。

これは輪島塗の蒔絵《まきえ》で、一番下の段には注ぎ口が付いていて、お酒を入れるようになっています。

33

34

江戸の手仕事

これは、私にとって国宝級の帯です。こんなに極細の刺繍《ししゅう》を施せる職人は、もういないのではないでしょうか。

絹の細糸が点々と撒《ま》かれ続いて、やがて消え入るように見えます。

私が五十代だったとき、京都で名人と言われていた刺繍師にこの帯を見せたところ、「このように細くて性《しょう》のいい糸はありませんし、細くて折れない針ももうありません」と感嘆の声を上げました。

友人の母上から、桃紅さんに持っていて欲しいと譲られました。おそらく一九三〇年代につくられたものです。

帯の絵柄は、主人公在原業平《ありわらのなりひら》の『伊勢物語』を題材にしています。

リバーシブルになっていて、二つの有名な場面、第二十三段の「筒井《つつい》筒《づつ》」と第九段の「東下《あずまくだ》り」が描かれています。

「筒井筒」の場面では、

「風吹けば　沖つ白波　たつた山
夜半《よは》にや君が　ひとり越ゆらん」（風が吹くと沖の白波が立つ竜田山を、夜中にあなたはひとりで越えているのでしょうか）と、夫の無事を案ずる妻の姿が描かれています。さらに蜘蛛の糸と菊の絵。昔の女性は、蜘蛛の巣のかたちや蜘蛛の糸で占っていました。

色は江戸紫。地紋《じもん》は、在原業平が好んだ業平格子をイメージしています。江戸紫については、『伊勢物語』、『古今和歌集』でも歌われており、武蔵野は紫草の生える地として知られていました。

東京の職人による手仕事で、最高の技と美意識がうかがえます。

34〜36ページは『伊勢物語』を題材にした江戸紫の帯。左ページは篠田桃紅さんが墨の線を描いた春の訪問着。

夏の麻のきもので、縫い絞りが絵羽《えば》模様になっている。

半世紀前の裂《きれ》を切《き》り嵌《ば》めしてつくった羽織。裂一片一片に思い出がある。（二〇〇三年撮影）

金茶色に染めた後、いったん銀箔を置き、その箔を揉《も》み落として箔足を出した地に、墨で「秋」を書いたきもの。

寒月《かんげつ》を左肩に描き、金糸のススキを裾に施した冬のきもの。

一生もの

いい帯はいくら締めても、シワが残ることはありません。帯自体が軽く、実用的に締め具合がとてもいいです。絹の糸の性がいいので、帯をほどくと、スーッと伸びてシワがなくなります。糸が毛羽《けば》立つこともありません。

絹が生きもののように生きています。

私たちの若い頃までは、高いお金を出しても、いい帯を買いたい人がいました。年中、取り替え引き替え着るのではなく、一生ものと言って、一生使えるいいものを買う価値観があった時代でした。高くても、一生ものだと納得していたのです。

特に、初代龍村平蔵《たつむらへいぞう》さんの帯は、きものの道楽《どうらく》をする人が、最後に締めたい憧れの的でした。

たいへんな人気でしたから、歯の治療で高いお金を払ったときなどは、「歯医者さんに龍村の帯が一本買えるぐらい払ったわ」という言い方もあったほどです。

私は、初代龍村平蔵さんにお会いしたことはありませんが、彼の帯に触れていると、気持ちが通じ合うような気がします。そしてときどき、出して眺めなければという思いにかられます。

日本の工芸品は、隆盛を極めると、その時代で終わるものと、あとの時代に引き継がれるものとがあります。

きものなどは、職人が苦労して最高のものをつくっても、今はなかなか売れず、産業が成り立ちません。

さっと手軽に着られて、帯もさっと締められるかたちを生み出しておけば、きものは残ったことでしょう。残念なことに、誰でも着られるようなやりかたを伝えることができませんでした。

仕事場にある客間。

右ページは客間に置かれている小物類。
箱根の寄木《よせぎ》細工のティッシュ箱、某出版社の創立記念で配られた有田焼の灰皿。
左ページは東大寺大仏殿の軒丸瓦《のきまるがわら》。今の東大寺が瓦葺《ぶ》きしたときの古い瓦。

無意識に求める

少女の頃、散歩好きの父に連れられて街歩きをしていると、父は決まって古物屋に立ち寄るので、それがいやでいやでしかたなかった記憶があります。変なものを前にして、古物屋のおやじさんと、ああだこうだとやり合っている父を待つあいだ、自分も何か店先のものを眺めていたのかどうかも憶えていません。

ただ後年、古物屋の前を通り、ふと、こういう店に立ち寄るときの父の気持ちは、どこか寂しいものがあったのではないかと思ったことがあります。

そして、古物屋に付き合っているうちに、父が使っている古いものたちのなかにも、いくつかは私にもいいな、と思えるようにもなっていました。

父が、書斎で手あぶりに使っていた青磁の深鉢などは、女学生の私にも美しいと思われましたし、印材や遊印を入れる箱に使っていたアコーディオン風の、たしかオランダ製の手提げ箱など、今あったら欲しいなと思います。

父母が大連《だいれん》に滞在中に蒐《あつ》めた紫檀《したん》細工のいろいろも、思い出します。

明《みん》代の椅子、文机と花台、何枚も揃った盆、そして精巧な細工の棚に置かれていた俑《よう》、その舞姿の俑の眼に、幼い私は憧れに似た気持ちを持った時期がありました。

けれども、それらは一切戦災で失われました。残って私が譲ってもらったものは、幾つかの明代の銘墨と澄泥《ちょうでい》の硯一面などで、墨は今も惜しみながら使っています。

往時は、人もものも、茫々《ぼうぼう》とするばかりでしたが、今の私の身辺を眺めて、父母の身辺より優雅で閑寂であるとは到底思えません。

先年貰った鉄の水差しを使いながら、ときどき、どこかで見たような感じがしていましたが、先日ふっと、そのかたちは母が好きだった昔の我が家の錫《すず》の水差しに似ていることに気づきました。

幼い眼が見たかたちを、人は無意識に求めているものなのでしょうか。日常の皿小鉢を買う折にも、おのずから母の台所のものの面影を追っている自分に気づきます。

私が求めるものは、どうしてもそういう筋に片寄るらしいのです。

そして得たものからもまた、遠い日の記憶を新しくよみがえらせたりしています。

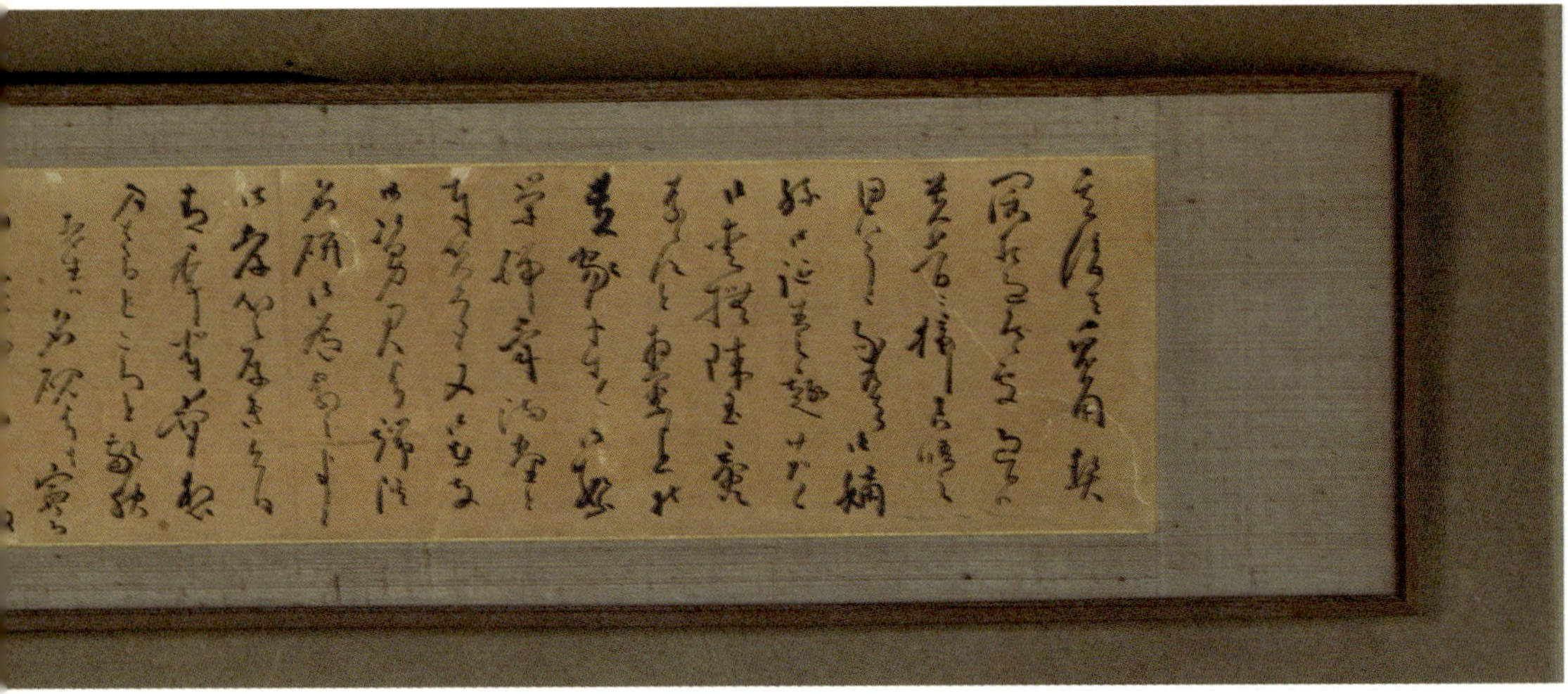

父への手紙

父が大事に持っていた手紙を、私は横額にして客間の壁に飾っています。その手紙は、父の漢学の師であった杉山三郊《さんこう》先生（一八五五～一九四五年）が父に宛てたものです。

杉山三郊は号で、本名は杉山令吉です。

杉山先生は、洋にも和にも長けた才人でした。アメリカの大学に留学し、伊藤博文《いとうひろぶみ》内閣の外務大臣、陸奥宗光《むつむねみつ》の秘書官として、日清戦争の講和条約などに尽くしました。また、漢学者、書家としても一家を成し、明治天皇の勅《ちょく》命《めい》を受けて碑を書き、東伏見宮依仁《ひがしふしみのみやよりひと》親王などの宮家、岩倉具視《いわくらともみ》など多くの政財界、学会の書道師範を務めています。

父母は、杉山先生を非常に敬慕していました。私が少女だったとき、杉山

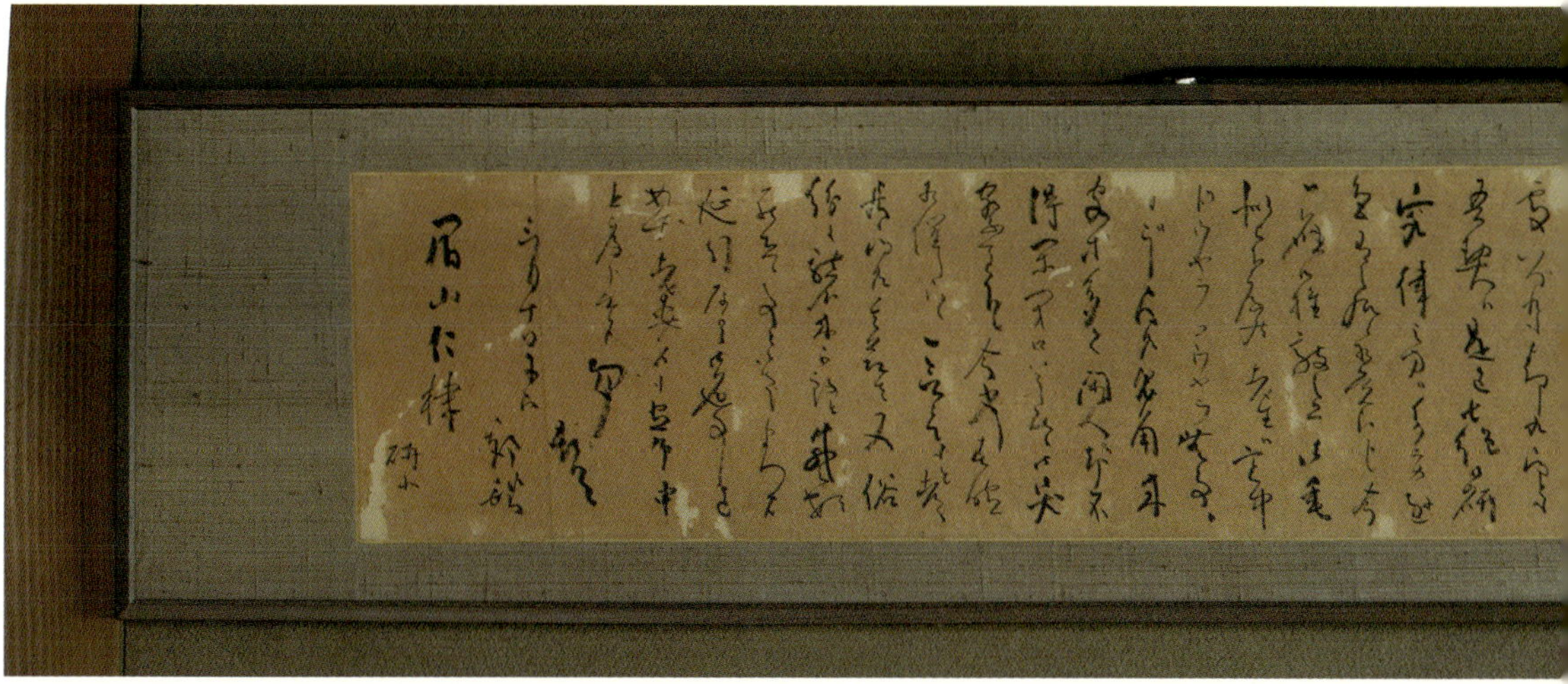

先生が家に来られて、父の書斎へお茶を運んだことがあります。父の用意した屏風に、即興で詩を書かれる姿も障子の陰から見ていました。

横額を見るたびに、亡き弟が「俺が、いかに親孝行かがわかる証拠物件」と言っていたことを思い出します。

戦前、上海にいた弟は事業で大成功し、中国で最高の端渓《たんけい》の名硯《めいけん》を父に贈り、それを喜んだ父が漢詩を詠みました。漢詩を添削した杉山先生は、「名硯よりもむしろ、ご子息の篤《あつ》いご孝心《こうしん》が羨ましい限りです」と、この手紙を返信したのです。手紙一つにも、ちゃんとした見せ場、泣きどころが入っています。これは手紙文の傑作だと私は思います。

学問だけではない、芸があります。

昔の人は、手紙をちょいと書いても、実にうまい文章を書いていました。

禅林句集

父は漢籍《かんせき》に親しんでいました。

その父から譲り受けたのが、この和綴本《わとじぼん》三冊です。

いずれも明治時代に刊行されたものです。

私の好きな言葉や句がたくさん詰まっていて、時折、開いては読み返しています。

古い中国の詩を書に書くとき、作品に題をつけたりするときなど、参考にします。

『禅林句集《ぜんりんくしゅう》』には、私の雅号「桃紅」の由来である、中国の古い書物『詩格《しかく》』の一節が載っています。

桃紅李白薔薇紫　問起春風總不和

春の風を受けて、花がさまざまな色に咲いているさまを描写し、そのなかに桃の花は紅《あか》く、と書かれています。私が三月生まれであることから、桃紅と父が付けてくれました。

増補首書禪林句集
全
増補註解詩韻含英異同辨
上
増補註解詩韻含英異同辨
下

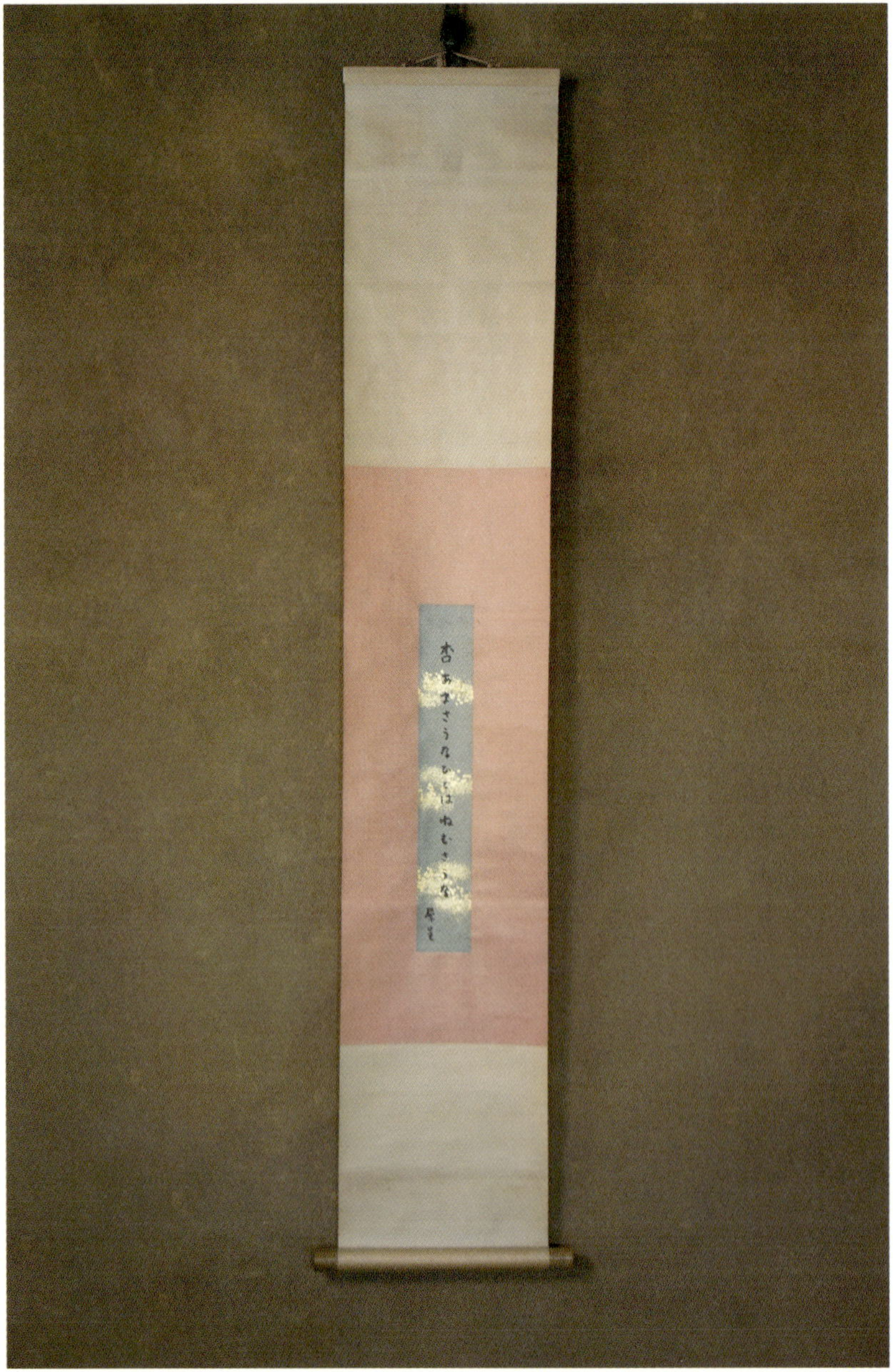

54

すももの木の下で

詩人室生犀星《むろうさいせい》（一八八九〜一九六二年）は、非常に純粋で、生まれたままの人だったそうです。

お世辞を言ったり、うまく世を渡ろうと身を処したり、そういうことのできない人だったと周辺から聞きました。

郷里は北陸の金沢で、実のお母さんではなかった。だから、あまり言いたいことも言えず、寂しい幼少時代を送っていたそうです。そして近くにすももの木があったので、寂しいとき、悲しいとき、木の下で過ごしていたようです。彼の心境は、

「きょうも母じゃに叱られてすもものの下に身をよせぬ」

という有名な詩からもうかがい知ることができます。

戦後上京して、詩人として小説家として文壇で高く評価され、芥川龍之介とは肝胆相照《かんたんあいて》らす間柄でした。

縁あって、室生犀星直筆の掛け軸が私の手元にあります。ここには、「杏《あんず》あまさうな　ひとはねむさうな」と書かれています。

杏が熟す季節、甘い香りに誘われて人は眠そう、とのどかな風景の一文です。

まだ宵の口でしょ

ある晩秋、私は詩人三好達治《みよしたつじ》さん（一九〇〇〜六四年）と小料理屋にいました。三好さんは店の常連で、そこは、文士、編集者、新聞記者らの溜まり場となっていました。場所は銀座の七丁目、出雲橋《いずもばし》のたもとにありました。

そこへ、季節はずれの蝶が迷い込んできて、お店の柱に止まりました。三好さんは、俳人の女将から墨、筆、そして経木《きょうぎ》を一枚もらうと、目の前で俳句を書きました。

「秋ふかし　柱にとまる　胡蝶《こちょう》かな」

そしてその経木を私にくださいました。

経木は、杉や檜《ひのき》を薄く紙のように削った板で、その頃、魚や和菓子を包み、お品書きにも用いられていました。

三好さんとは、何回か食事をご一緒させていただきました。当時は六十年代で、夜が更《ふ》けるのも忘れるほど、店は熱気に包まれていました。遅くならないうちに帰ろうとした私に、「まだ宵の口でしょ」と語気を強めておっしゃった言葉が、今も耳に残っています。

客間の飾り棚の上。
詩人三好達治と骨董屋巡りをしたときに、
三好達治が買って贈ってくれた陶筆。
その奥は筆の尻に短冊《たんざく》が付いた、
遊び心のある筆。

陶筆と並んで置かれている水差し。
下は沖縄の金城《きんじょう》次郎《じろう》作。

前ページと同じ飾り棚に置いている水差し。
どれも径約10センチ。どのようにして入手したかは、今となってはいずれも不明。

61

遠戚にあたる印人篠田芥津が刻した印。篠田家が竹林にゆかりがあることから「竹香」となっている。

竹香の印

明治天皇の御印《みしるし》、「天皇之印《てんのうのいん》」を印刷物で初めて目にしたとき、私は、これ見よがしのところがない、非常に自然な印、という印象を持ちました。

それは、印人《いんじん》篠田芥津《かいしん》（一八二一〜一九〇二年）の手によるもので、彼については、折に触れて父母から話に聞いていました。

芥津は、父の岐阜の生家の離れに居候《いそうろう》をしていた時期があり、そのときに、明治天皇の委嘱《いしょく》を受けて御印を刻していました。若かりし日の父は、漢学、書画、篆刻《てんこく》を遠戚にあたる芥津から習っていました。

芥津は、自分が「よろしい」と思うまで、容赦なく突き詰めるタイプで、心のなかに理想のかたちを持った人でした。ほんの毛ほど一筋がずれているだけでも正すほどで、徹頭徹尾、自分のやるかたちというものに妥協しない人でした。それは一貫していて、日常の暮らしにおいても同様でした。彼の、数々の奇行エピソードは、私も随筆に書いたことがあります。

「竹香《ちくこう》」という印は、篠田の漢字が竹にゆかりがあることから、そして、事実、竹林のある生家だったことから、芥津が彫ったものです。父は、墨の仕事をしている私に譲りましたが、篠田家の者であれば、誰が捺《お》しても構わない印です。

私の印箱には、この「竹香」の印のほか、父が使っていた印、知人の篆刻家が彫った印など、さまざまな印が入っています。印材には、いろいろな材質があり、石、ガラス、水晶、玉、竹の根があります。

私は作品ができあがると、この印箱から、そのときの気分で自分の印を取り出します。

「竹香」の印を捺している篠田桃紅さんの姿とその手元。

右ページは仕事机。スタンドは江戸時代の行灯《あんどん》でつくった。

左ページは古い中国の瓦の版を写したリトグラフ。

意味はいまだ半ばならず（まだ半分にも至っていません）。百歳のお祝い返しにつくった。

仕事場。

文房四宝を想う

書斎で使う道具を中国では文房四宝《ぶんぼうしほう》と言います。その四つの宝は、硯《すずり》、筆、墨、紙。

私は、この四つを用いて、作品をつくっています。

大きな硯は、書道具の老舗の看板として置かれていたものを、主人に頼み込んで譲っていただきました。

銘は「吾亦可耕」（我もまた耕す）。

「耕す」というのは、田んぼをつくることだけではなく、文化をつくることも意味します。

私は、お店で飾っていては、耕してほしい、という硯をつくった人の思いに背《そむ》く。私だったら、硯に毎日、墨を当《あ》ててつくりますからと言い続け、二年ほどして買い受けました。

この大硯は宋《そう》の時代の端渓で、谷間の岩から切り出しています。面は非常に柔らかく、墨を当てると、なんともいえない、柔らかな感覚が手に伝わってきます。

昔の人には、どこの谷間の岩がいいか、手を尽くして探し出した長い歴史があります。

同様に、墨も昔の人は凝りに凝りました。金、緑青《ろくしょう》、朱などの蒔絵を施し、使うのがもったいないような墨も、ずいぶんとつくられています。いい墨は、つくった人の銘が裏に入っています。

最上の墨は「頂煙《ちょうえん》」です。古い松の木の根などを燃やし、天井に紙を貼り、そこに付いて溜まった煤《すす》を固めてつくります。軽い煤ほど高く昇ります。軽い煤は油分が少なく、最上の墨になるのです。

最上の硯と墨を手に入れると、昔のお金持ちは墨童《ぼくどう》といって、墨を磨《す》る子どもを雇いました。墨を磨る力は強すぎてもだめ。弱すぎてもだめ。十二歳ぐらいの子どもが、無心で磨る加減がいいとされました。

昔の人は、ものをつくる道具にも非常に凝りました。そうした人々の高い志が、一つの文化となって残っています。

蒔絵が施された墨。自分では使わずに後世に残すことにしている。

宋代の端渓硯の銘、

「吾亦可耕」。

仕事道具の
筆と洗い場。

雲の色がきれいだね

戦前、私の次兄は結核を患《わずら》い、家で療養生活を送っていました。そしてときには、庭に籐《とう》の椅子を出して、雲を眺めていることもありました。

ある夏の日のこと、兄は白い雲を指して「雲の色がきれいだね」と私に言いました。亡くなったのは、それからしばらくしてからのことでした。

私は、そのときの兄を思い出して、歌を詠《よ》みました。

「夏空の白き光を良しといい我にも指しし若かりし兄」

私が師事していた歌人、中原綾子《なかはらあやこ》先生主宰の『いづかし』に、歌は掲載され、「泣きました」と友人や知人、見知らぬ人からもお便りをいただきました。

兄が亡くなったとき、私は銀座にいました。

兄がくれた赤間関《あかまがせき》の硯を風呂敷に包んで持っていました。なぜかそのとき、不意に風呂敷が手から抜け落ちて、硯蓋《すずりぶた》が割れました。胸騒ぎを覚えた私は、その場で急いで帰宅しました。

無事だった硯は、朱墨《しゅずみ》専用にして使っています。

紙を継ぎつつ

これは、京唐紙《からかみ》の破り継ぎです。

歌留多《かるた》のための小さな寸法です。

『源氏物語』の須磨《すま》の巻に、

「色々の紙を継ぎつつ手習ひをし給ひ」という一節があります。

源氏は都を離れて、須磨で失意の時代を送っていたとき、破り継ぎをつくり、歌を書いて暮らしていました。

『源氏物語』の舞台となった宮廷は、紫式部《むらさきしきぶ》、清少納言《せいしょうなごん》などの女性が才能を発揮し、文化は日常のなかで重い地位を占めていました。

その後、『源氏物語』や『枕草子《まくらのそうし》』などは、今日まで文学として残りました。いかに昔の日本人が文化を非常に重んじて、大事に取り扱ってきたかがわかります。

それも、ただ大事にしていた、というより、興味がたいへんに深く、愛していたように私は感じます。

無用の時間を持つ

用を足していない時間というのは、その人の素《す》が出ます。その人の実像は、何もしていない状態に表れます。

でも、何かをやるときになったら、こういうこともできる、ああいうこともできる、という可能性を持っています。

人は、いつも何かに対応しているというのでは、一種の機械です。ただ、何かの用を足しているにすぎません。

無用の時間、用を足していない時間を持つことは、非常に大事なことだと思います。

私は、毎年二か月ほど、富士山を望む山中湖で、無用の時間を過ごしています。定期的に過ごすようになったのは、山荘を持つようになったこの四十年あまりですが、戦前から、折に触れては山中湖を訪ねていました。

自然のなかにいると、一杯のお茶を飲んでも、ああ美味しいと思えます。富士山が見えて、天地自然の動きを感じることができます。ありがたいことです。

山中湖にある山荘の玄関。山の斜面に建っており、玄関は最上階の三階。

樹林の先に富士山を望む山荘。撮影の当日、富士山は雲隠れ。

山荘にある小作品用の仕事場。左ページは半世紀前に描いた屏風。

忍野《おしの》村の民家を移築してつくった居間。

このあたりに生息するカラマツの材の梁《はり》。
お盆を過ぎると寒くなり、夜は薪《まき》ストーブをつける(左ページ)。

右ページは
篠田桃紅筆の皿。
左ページは
抽象画を描いたうちわ。

一切は変わる

今、夢を見ているのかなと思うときがあります。とてもこの世とは思えない、そんな姿を富士山は見せることがあります。そして、どう頑張ってもたいしたことない。大自然の美しさを前に、私がつくるものなんて、たかが知れていることを思い知ります。

私が使っている大硯は、宋の時代の端渓ですが、使っているうちに、硯の面はだんだんとつるつるになっていきます。どんな石でも墨を磨《す》っていれば、面はつるつるになり、滑って墨がつくれなくなりますから、面の目立《めた》てに出します。

硯の面をつくることは、硯師の腕の見せどころです。

名人の目立ては、つるつるの石の上で磨っているような感触がしますが、どこか違います。ほんのちょっとのこまかい、非常にデリケートなぎざぎざを面につくります。

でも今は、そのような名人はいません。探せば、中国あたりにいるのかもしれませんが、私が使っている硯は、この先、道具としてこの世に残るだけでしょう。

「もの」は、なんでも機械がやれる程度になり、名人はいくら技術を磨いたところで、お金になりませんから、だんだんと廃《すた》れていきます。いつか、名人がつくった「もの」で、作品をつくることもできなくなるでしょう。

でも、この時代にはあったけれど、この時代になってからはもうない、というような「もの」はたくさんあります。

「もの」は変わっていくのです。

一切が変わるのです。

これからは、また別の文化が生まれるのかもしれません。

新しい人が新しい文化をつくるかもわからない。そうなれば、その人たちの道具を生み出す人、名人も生まれるかもしれません。

万葉集の時代は素敵な文化があった、と私たちは語り継いでいます。私たちの時代の文化はどうなのでしょう。歴史の後付けは、後代の人がすることなのでしょうけど。

篠田桃紅《しのだ・とうこう》

美術家。一九一三（大正二）年生まれ。東京都在住。五歳の頃に父に書の手ほどきを受け、桃紅という雅号がつけられた。墨を用いた抽象表現という新たな芸術を切り拓き注目を集め、一九五六年、単身渡米。その後、ニューヨークの一流ギャラリーで個展を開き、世界の絶賛を受ける。作品は国内、海外に多数収蔵されている。著書に『桃紅百年』（世界文化社）、『一〇三歳になってわかったこと』（幻冬舎）などがある。

協力

写真　梶原敏英　7、15、70ページ
齋藤幹朗（世界文化社写真部）　34〜41ページ
坂本正行（世界文化社写真部）　73ページ
Alexander Gelman　74〜75ページ

＊「無意識に求める」（48ページ）は『きのうのゆくえ』（1990年、講談社）より改題、加筆修正しました。

桃紅一〇五歳　好きなものと生きる

発行日　二〇一七年一一月三〇日　初版第一刷発行
二〇一八年　一　月一五日　第二刷発行

著者　篠田桃紅
校正　円水社
編集　富岡啓子（株式会社世界文化クリエイティブ）
発行者　井澤豊一郎
発行　株式会社世界文化社
〒一〇二‐八一八七　東京都千代田区九段北四‐二‐二九
電話〇三（三二六二）五一一五（販売部）
印刷・製本　中央精版印刷株式会社
DTP制作　株式会社明昌堂

 ISBN978-4-418-17507-9

篠田桃紅筆「壽」。